春は馬車に乗って

横光利一＋いとうあつき

初出：「女性」1926年8月

横光利一

明治31年（1898年）福島県生まれ。早稲田大学政治経済学部除籍。菊池寛に師事し、『蝿』と『日輪』を同時期に発表してデビュー。「文学の神様」とも称された。代表作に、『機械』『旅愁』などがある。

いとうあつき

イラストレーター。文教大学教育学部心理教育課程卒業。保育士として勤務後、イラストレーターに。ギャラリーDAZZLE実践装画塾7期修了。著書に『26文字のラブレター』がある。

海浜の松が凩《こがらし》に鳴り始めた。庭の片《かた》隅《すみ》で一《ひと》叢《むら》の小さなダリヤが縮《ちぢ》んでいった。

彼は妻の寝ている寝台の傍《そば》から、泉《せん》水《すい》の中の鈍い亀の姿を眺《なが》めていた。亀が泳ぐと、水面から輝《て》り返された明るい水影が、乾いた石の上で揺れていた。

「まアね、あなた、あの松の葉がこの頃それは綺《き》麗《れい》に光るのよ。」

と妻はいった。

「お前は松の木を見ていたんだな。」

「ええ。」

「俺は亀を見てたんだ。」

二人はまたそのまま黙り出そうとした。

「お前はそこで長い間寝ていて、お前の感想は、たった松の葉が美しく光るということだけなのか。」

「ええ。だって、あたし、もう何も考えないことにしているの。」

「人間は何も考えないで寝ていられるはずがない。」

「そりゃ考えることは考えるわ。あたし、早くよくなって、シャッシャッと井戸で洗濯《せんたく》したくってならないの。」

「洗濯がしたい？」

彼はこの意想外の妻の慾望に笑い出した。

「お前はおかしな奴《やつ》だね。俺に長い間苦労をかけておいて、洗濯がしたいとは変った奴だ。」

「でも、あんなに丈夫な時が羨《うらや》ましいの。あなたは不幸な方だわね。」

「うむ。」と彼はいった。

彼は妻を貰《もら》うまでの四、五年に渡る彼女の家庭との長い争闘を考えた。それから妻と結婚して

から、母と妻との間に挟《はさ》まれた二年間の苦痛な時間を考えた。

彼は母が死に、妻と二人になると、急に妻が胸の病気で寝てしまったこの一年間の艱難《かんなん》を思い出した。

「なるほど、俺ももう洗濯がしたくなった。」

「あたし、いま死んだってもういいわ。だけどね、あたし、あなたにもっと恩を返してから死にたいの。この頃あたし、そればっかり苦になって。」

「俺に恩を返すって、どんなことをするんだね。」

「そりゃ、あたし、あなたを大切にして、……」

「それから。」

「もっといろいろすることがあるわ。」

――しかし、もうこの女は助からない、と彼は思った。

「俺はそういうことは、どうだっていいんだ。ただ俺は、そうだね。俺は、ただ、ドイツのミュンヘンあたりへいっぺん行って、それも、雨の降っている所じゃなくちゃ行く気がしない。」

「あたしも行きたい。」と妻はいうと、急に寝台の上で腹を波のようにうねらせた。

「お前は絶対安静だ。」

「いや、いや、あたし、歩きたい。起してよ、ね、ね。」

「駄目だ。」

「あたし、死んだっていいから。」

「死んだって、始まらない。」

「いいわよ、いいわよ。」

「まア、じっとしてるんだ。それから、一生の仕事に、松の葉がどんなに美しく光るかっていう形容詞を、たった一つ考え出すのだね。」

妻は黙ってしまった。彼は妻の気持ちを転換さすために、柔らかな話題を選択しようとして立ち上った。

海では午後の波が遠く岩にあたって散っていた。一艘《そう》の舟が傾きながら鋭い岬《みさき》の尖端《せんたん》を廻っていった。渚《なぎさ》では逆《さか》巻《ま》く濃藍《のうらん》色《しょく》の背景の上で、子供が二人湯気の立った芋を持って紙屑《かみくず》のように坐っていた。

彼は自分に向って次ぎ次ぎに来る苦痛の波を避けようと思ったことはまだなかった。このそれぞれに質を違えて襲って来る苦痛の波の原因は、自分の肉体の存在の最初において働いていたように思われたからである。彼は苦痛を、譬《たと》えば砂糖を甜《な》める舌のように、あらゆる感覚の眼を光らせて吟味しながら甜め尽してやろうと決心した。そうして最後に、どの味が美味《うま》かったか。

——俺の身体は一本のフラスコだ。
何ものよりも、先《ま》ず透明でなければ
ならぬ。と、彼は考えた。

ダリヤの茎《くき》が干枯《ひから》びた縄《なわ》のように地の上でむすぼれ出した。潮風が水平線の上から終日吹きつけて来て冬になった。

彼は砂風の巻き上る中を、一日に二度ずつ妻の食べたがる新鮮な鳥の臓物《ぞうもつ》を捜しに出かけて行った。彼は海岸町の鳥屋という鳥屋を片端《かたはし》から訪ねていって、そこの黄色い俎《まないた》の上から一応庭の中を眺め廻してから訊《き》くのである。

「臓物はないか、臓物は。」

彼は運好く瑪瑙《めのう》のような臓物を氷の中から出されると、勇敢な足どりで家に帰って妻の枕元に並べるのだ。

「この曲玉《まがたま》のようなのは鳩《はと》の腎臓《じんぞう》だ。この光沢のある肝臓は、これは家鴨《あひる》の生胆《いきぎも》だ。これはまるで、噛《か》み切った一片の唇《くちびる》のようで、この小さな青い卵は、これは崑崙山《こんろんざん》の翡翠《ひすい》のようで。」

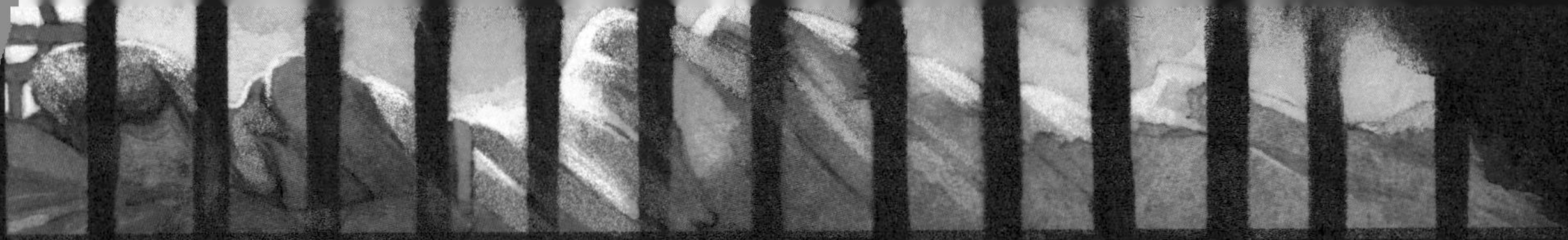

すると、彼の饒舌《じょうぜつ》に煽動《せんどう》させられた彼の妻は、最初の接《せっ》吻《ぶん》を迫るように、華《はな》やかに床の中で食慾のために身悶《みもだ》えした。彼は惨酷《ざんこく》に臓物を奪い上げると、直ぐ鍋《なべ》の中へ投げ込んでしまうのが常であった。

妻は檻《おり》のような寝台の格子《こうし》の中から、微笑しながら絶えず湧《わ》き立つ鍋の中を眺めていた。

「お前をここから見ていると、実に不思議な獣《けもの》だね。」と彼はいった。

「まア、獣だって、あたし、これでも奥さんよ。」

「うむ、臓物を食べたがっている檻の中の奥さんだ。お前は、いつの場合においても、どこか、ほのかに惨忍性《ざんにんせい》を湛《たた》えている。」

「それはあなたよ。あなたは理智的で、惨忍性をもっていて、いつでも私の傍から放れたがろうとばかり考えていらしって。」

「それは、檻の中の理論である。」

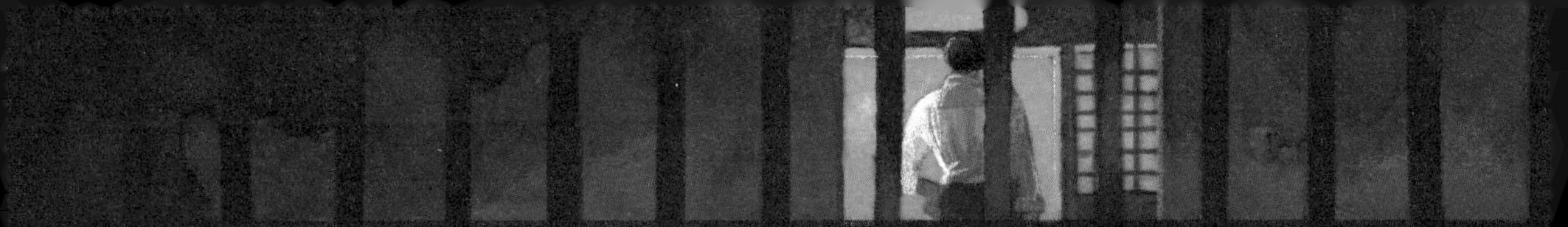

彼は彼の額《ひたい》に煙り出す片影のような皺《しわ》さえも、敏感に見《み》逃《のが》さない妻の感覚を誤魔化《ごまか》すために、この頃いつもこの結論を用意していなければならなかった。それでも時には、妻の理論は急激に傾きながら、彼の急所を突き通して旋廻することが度々《たびたび》あった。

「実際、俺はお前の傍に坐っているのは、そりゃいやだ。肺病というものは、決して幸福なものではないからだ。」

彼はそう直接妻に向って逆襲することがあった。

「そうではないか。俺はお前から離れたとしても、この庭をぐるぐる廻っているだけだ。俺はいつでも、お前の寝ている寝台から綱をつけられていて、その綱の画く円周の中で廻っているより仕方がない。これは憐れな状態である以外の、何物でもないではないか。」

「あなたは、あなたは、遊びたいからよ。」と妻は口惜《くや》しそうにいった。

「お前は遊びたかないのかね。」

「あなたは、他の女の方と遊びたいのよ。」

「しかし、そういうことをいい出して、もし、そうだったらどうするんだ。」

そこで、妻が泣き出してしまうのが例であった。彼は、はッとして、また逆に理論を極めて物柔らかに解きほぐして行かねばならなかった。

「なるほど、俺は、朝から晩まで、お前の枕元にいなければならないというのはいやなのだ。それで俺は、一刻も早く、お前をよくしてやるために、こうしてぐるぐる同じ庭の中を廻っているのではないか。これには俺とて一通りのことじゃないさ。」

「それはあなたのためだからよ。私のことを、ちょっともよく思ってして下さるんじゃないんだわ。」

彼はここまで妻から肉迫されて来ると、当然彼女の檻の中の理論にとりひしがれた。だが、果して、自分は自分のためにのみ、この苦痛を噛み殺しているのだろうか。

「それはそうだ、俺はお前のいうように、俺のために何事も忍耐しているのにちがいない。しかしだ、俺が俺のために忍耐しているということは、一体誰《だれ》故《ゆえ》にこんなことをしていなければならないんだ。俺はお前さえいなければ、こんな馬鹿な動物園の真似はしていたくないんだ。そこをしているというのは、誰のためだ。お前以外の俺のためだとでもいうのか、馬鹿馬鹿しい。」

こういう夜になると、妻の熱は定《きま》って九度近くまで昇り出した。彼は一本の理論を鮮明にしたために、氷嚢《ひょうのう》の口を、開けたり閉めたり、夜通ししなければならなかった。

しかし、なお彼は自分の休息する理由の説明を明瞭にするために、この懲《こ》りるべき理由の整理を、殆《ほとん》ど日々し続けなければならなかった。彼は食うためと、病人を養うためとに別室で仕事をした。すると、彼女は、また檻の中の理論を持ち出して彼を攻めたてて来るのである。

「あなたは、私の傍《そば》をどうしてそう離れたいんでしょう。今日はたった三度よりこの部屋へ来て下さらないんですもの。分っていてよ。あなたは、そういう人なんですもの。」

「お前という奴は、俺がどうすればいいというんだ。俺は、お前の病気をよくするために、薬と食物とを買わなければならないんだ。誰がじっとしていて金をくれる奴《やつ》があるものか。お前は俺に手品でも使えというんだね。」

「だって、仕事なら、ここでも出来るでしょう。」と妻はいった。

「いや、ここでは出来ない。俺はほんの少しでも、お前のことを忘れているときでなければ出来ないんだ。」

「そりゃそうですわ。あなたは、二十四時間仕事のことより何も考えない人なんですもの、あたしなんか、どうだっていいんですわ。」

「お前の敵は俺の仕事だ。しかし、お前の敵は、実は絶えずお前を助けているんだよ。」

「あたし、淋《さび》しいの。」

「いずれ、誰だって淋しいにちがいない。」

「あなたはいいわ。仕事があるんですもの。あたしは何もないんだわ。」

「捜《さが》せばいいじゃないか。」

「あたしは、あなた以外に捜せないんです。あたしは、じっと天井を見て寝てばかりいるんです。」

「もう、そこらでやめてくれ。どっちも淋しいとしておこう。俺には締め切りがある。今日書き上げないと、向うがどんなに困るかしれないんだ。」

「どうせ、あなたはそうよ。あたしより、締め切りの方が大切なんですから。」

「いや、締め切りということは、相手のいかなる事情をも退《しりぞ》けるという張《は》り札《ふだ》なんだ。俺はこの張り札を見て引き受けてしまった以上、自分の事情なんか考えてはいられない。」

「そうよ、あなたはそれほど理智的なのよ。いつでもそうなの、あたし、そういう理智的な人は、大《だ》い嫌《きら》い。」

「お前は俺の家の者である以上、他から来た張り札に対しては、俺と同じ責任を持たなければならないんだ。」

「そんなもの、引き受けなければいいじゃありませんか。」

「しかし、俺とお前の生活はどうなるんだ。」

「あたし、あなたがそんなに冷淡になる位なら、死んだ方がいいの。」

すると、彼は黙って庭へ飛び降りて
深呼吸をした。それから、彼はまた風呂敷を
持って、その日の臓物を買いにこっそりと町の中へ
出かけていった。

しかし、この彼女の「檻の中の理論」は、その檻に縛《つな》がれて廻っている彼の理論を、絶えず全身的な興奮をもって、殆ど間髪《かんぱつ》の隙間《すきま》をさえも洩《も》らさずに追っ駈けて来るのである。このため彼女は、彼女の檻の中で製造する病的な理論の鋭利さのために、自身の肺の組織を日日加速度的に破壊していった。

彼女のかつての円《まる》く張った滑《なめ》らかな足と手は、竹のように痩《や》せて来た。胸は叩《たた》けば、軽い張子《はりこ》のような音を立てた。そうして、彼女は彼女の好きな鳥の臓物さえも、もう振り向きもしなくなった。

彼は彼女の食慾をすすめるために、海からとれた新鮮な魚の数々を縁側《えんがわ》に並べて説明した。

「これは鮟鱇《あんこ》で踊り疲れた海のピエロ。これは海老《えび》で車海老、海老は甲冑《かっちゅう》をつけて倒れた海の武者。この鯵《あじ》は暴風で吹きあげられた木の葉である。」

「あたし、それより聖書を読んでほしい。」と彼女はいった。

彼はポウロのように魚を持ったまま、不吉な予感に打たれて妻の顔を見た。

「あたし、もう何も食べたかないの、あたし、一日に一度ずつ聖書を読んでもらいたいの。」

そこで、彼は仕方なくその日から汚《よご》れたバイブルを取り出して読むことにした。

「エホバよわが祈りをききたまへ。願くばわが号呼《さけび》の声の御前にいたらんことを。わが窮苦《なやみ》の日、み顔を蔽《おお》ひたまふなかれ。なんぢの耳をわれに傾け、我が呼ぶ日にすみやかに我にこたへたまへ。わがもろもろの日は煙のごとく消え、わが骨は焚木《たきぎ》のごとく焚《やか》るるなり。わが心は草のごとく撃《うた》れてしほれたり。われ糧《かて》をくらふを忘れしによる。」

しかし、不吉なことはまた続いた。或《あ》る日、暴風の夜が開けた翌日、庭の池の中からあの鈍い亀が逃げてしまっていた。

彼は妻の病勢がすすむにつれて、彼女の寝台の傍からますます離れることが出来なくなった。彼女の口から、啖《たん》が一分ごとに出始めた。彼女は自分でそれをとることが出来ない以上、彼がとってやるよりとるものがなかった。また彼女は激しい腹痛を訴え出した。咳《せき》の大きな発作《ほっさ》が、昼夜を分《わか》たず五回ほど突発した。その度に、彼女は自分の胸を引っ掻《か》き廻して苦しんだ。彼は病人とは反対に落ちつかなければならないと考えた。しかし、彼女は、彼が冷静になればなるほど、その苦悶の最中に咳を続けながら彼を罵《ののし》った。

「人の苦しんでいるときに、あなたは、あなたは、他のことを考えて。」

「まア、静まれ、いま呶鳴《どな》っちゃ。」

「あなたが、落ちついているから、憎らしいのよ。」

「俺が、今狼狽《あわて》ては。」

「やかましい。」

彼女は彼の持っている紙をひったくると、自分の啖を横なぐりに拭きとって彼に投げつけた。

彼は片手で彼女の全身から流れ出す汗を所を撰《えら》ばず拭きながら、片手で彼女の口から咳出す啖を絶えず拭きとっていなければならなかった。彼の蹲《かが》んだ腰はしびれて来た。彼女は苦しまぎれに、天井を睨《にら》んだまま、両手を振って彼の胸を叩き出した。汗を拭きとる彼のタオルが、彼女の寝巻にひっかかった。すると、彼女は、蒲団《ふとん》を蹴《け》りつけ、身体をばたばた波打たせて起き上ろうとした。

「駄目だ、駄目だ、動いちゃ。」

「苦しい、苦しい。」

「落ちつけ。」

「苦しい。」

「やられるぞ。」

「うるさい。」

彼は楯《たて》のように打たれながら、彼女のざらざらざらした胸を撫《な》で擦《さす》った。

しかし、彼はこの苦痛な頂天においてさえ、妻の健康な時に彼女から与えられた自分の嫉妬《しっと》の苦しみよりも、むしろ数段の柔かさがあると思った。してみると彼は、妻の健康な肉体よりも、この腐った肺臓を持ち出した彼女の病体の方が、自分にとってはより幸福を与えられているということに気がついた。

——これは新鮮だ。俺はもうこの新鮮な解釈にによりすがっているより仕方がない。

彼はこの解釈を思い出す度に、海を眺めながら、突然あはあはと大きな声で笑い出した。

すると、妻はまた、檻の中の理論を引き摺《ず》り出して苦々《にがにが》しそうに彼を見た。

「いいわ、あたし、あなたが何《な》ぜ笑ったのかちゃんと知ってるんですもの。」

「いや、俺はお前がよくなって、洋装をしたがって、ぴんぴんはしゃがれるよりは、静に寝ていられる方がどんなに有り難いかしれないんだ。第一、お前はそうしていると、蒼《あお》ざめていて、気品がある。まア、ゆっくり寝ていてくれ。」

「あなたは、そういう人なんだから。」

「そういう人なればこそ、有り難がって看病が出来るのだ。」

「看病看病って、あなたは二言目《ふたことめ》には看病を持ち出すのね。」

「これは俺の誇りだよ。」

「あたし、こんな看病なら、して欲しくないの。」

「ところが、俺が譬《たと》えば三分間向うの部屋へ行っていたとする。すると、お前は三日も抛《ほ》ったらかされたようにいうではないか、さア、何とか返答してくれ。」

「あたしは、何も文句をいわずに、看病がしてもらいたいの。いやな顔をされたり、うるさがられたりして看病されたって、ちっとも有り難いと思わないわ。」

「しかし、看病というのは、本来うるさい性質のものとして出来上っているんだぜ。」

「そりゃ分っているわ。そこをあたし、黙ってしてもらいたいの。」

「そうだ、まア、お前の看病をするためには、一族郎党を引きつれて来ておいて、金を百万円ほど積みあげて、それから、博士を十人ほどと、看護婦を百人ほどと。」

「あたしは、そんなことなんかしてもらいたかないの、あたし、あなた一人にしてもらいたいの。」

「つまり、俺が一人で、十人の博士の真似と、百人の看護婦と、百万円の頭取《とうどり》の真似《まね》をしろっていうんだね。」

「あたし、そんなことなんかいってやしない。あたし、あなたにじっと傍《そば》にいてもらえば安心出来るの。」

「そら見ろ、だから、少々は俺の顔が顰《ゆが》んだり、文句をいったりする位は我慢をしろ。」

「あたし、死んだら、あなたを怨《うら》んで怨んで怨んで、そして死ぬの。」

「それ位のことなら、平気だね。」

妻は黙ってしまった。しかし、妻はまだ何か彼に斬《き》りつけたくてならないように、黙って必死に頭を研《と》ぎ澄《すま》しているのを彼は感じた。

しかし彼は、彼女の病勢を進ます彼自身の仕事と生活のことも考えねばならなかった。だが、彼は妻の看病と睡眠の不足から、だんだんと疲れて来た。彼は疲れれば疲れるほど、彼の仕事が出来なくなるのは分っていた。彼の仕事が出来なければ出来ないほど、彼の生活が困り出すのも定《きま》っていた。それにもかかわらず、昂進《こうしん》して来る病人の費用は、彼の生活の困り出すのに比例して増して来るのは明かなことであった。しかも、なお、いかなることがあろうとも、彼がますます疲労して行くことだけは事実である。

——それなら俺は、どうすれば良いのか。

——もうここらで俺もやられたい。そうしたら、俺は、なに不足なく死んでみせる。

彼はそう思うことも時々あった。しかし、また彼は、この生活の難局をいかにして切り抜けるか、その自分の手腕を一度はっきり見たくもあった。彼は夜中起されて

妻の痛む腹を擦《さす》りながら、

「なほ、憂《う》きことの積れかし、なほ憂きことの積れかし。」

と呟《つぶや》くのが癖になった。ふと彼はそういう時、茫々《ぼうぼう》とした青い羅紗《らしゃ》の上を、撞《つ》かれた球《たま》がひとり飄々《ひょうひょう》として転がって行くのが目に浮んだ。

――あれは俺の玉だ、しかし、あの俺の玉を、誰がこんなに出鱈目《でたらめ》に突いたのか。

「あなた、もっと、強く擦ってよ、あなたは、どうしてそう面倒臭《めんどうくさ》がりになったのでしょう。もとはそうじゃなかったわ。もっと親切に、あたしのお腹《なか》を擦って下さったわ。それだのに、この頃は、ああ痛、ああ痛。」と彼女はいった。

「俺もだんだん疲れて来た。もう直ぐ、俺も参《まい》るだろう。そうしたら、二人がここで呑気《のんき》に寝転《ねころ》んでいようじゃないか。」

すると、彼女は急に静になって、床の下から鳴き出した虫のような憐れな声で呟いた。

「あたし、もうあなたにさんざ我《わが》ままをいったわね。もうあたし、これでいつ死んだっていいわ。あたし満足よ。あなた、もう寝て頂戴な。あたし我慢をしているから。」

彼はそういわれると、不覚にも涙が出て来て、撫《な》でてる腹の手を休める気がしなくなった。

庭の芝生が冬の潮風に枯れて来た。硝子戸《ガラスど》は終日辻馬車《つじばしゃ》の扉《とびら》のようにがたがたと慄《ふる》えていた。もう彼は家の前に、大きな海のひかえているのを長い間忘れていた。

或《あ》る日彼は医者の所へ妻の薬を貰《もら》いに行った。

「そうそうもっと前からあなたにいおういおうと思っていたんですが。」

と医者はいった。

「あなたの奥さんは、もう駄目ですよ。」

「はア。」

彼は自分の顔がだんだん蒼《あお》ざめて行くのをはっきりと感じた。

「もう左の肺がありませんし、それに右も、もうよほど進んでおります。」

彼は海浜に添って、車に揺られながら荷物のように帰って来た。晴れ渡った明るい海が、彼の顔の前で死をかくまっている単調な幕のように、だらりとしていた。彼はもうこのまま、いつまでも妻を見たくはないと思った。もし見なければ、いつまでも妻が生きているのを感じていられるにちがいないのだ。

彼は帰ると直ぐ自分の部屋へ這入《はい》った。そこで彼は、どうすれば妻の顔を見なくて済まされるかを考えた。彼はそれから庭へ出ると芝生の上へ寝転んだ。身体が重くぐったりと疲れていた。

涙が力なく流れて来ると、彼は枯れた芝生の葉を丹念にむしっていた。

「死とは何だ。」

ただ見えなくなるだけだ、と彼は思った。暫《しばら》くして、彼は乱れた心を整えて妻の病室へ這入っていった。

妻は黙って彼の顔を見詰めていた。

「何か冬の花でも入《い》らないか。」

「あなた、泣いていたのね。」と妻はいった。

「いや。」

「そうよ。」

「泣く理由がないじゃないか。」

「もう分っていてよ。お医者さんが何かいったのね。」

妻はそうひとり定《き》めてかかると、別に悲しそうな顔もせず黙って天井を眺め出した。彼は妻の枕元の籐椅子《とういす》に腰を下《お》ろすと、彼女の顔を更《あらた》めて見覚えて置くようにじっと見た。

――もう直《す》ぐ、二人の間の扉は閉められるのだ。

――しかし、彼女も俺も、もうどちらもお互に与えるものは与えてしまった。今は残っているものは何物もない。

その日から、彼は彼女のいうままに機械のように動き出した。そうして、彼は、それが彼女に与える最後の餞別《せんべつ》だと思っていた。

或る日、妻はひどく苦しんだ後で彼にいった。

「ね、あなた、今度モルヒネを買って来てよ。」

「どうするんだね。」

「あたし、飲むの。モルヒネを飲むと、もう眼が醒《さ》めずにこのままずっと眠ってしまうんですって。」

「つまり、死ぬことかい？」

「ええ、あたし、死ぬことなんかちょっとも恐《こわ》かないわ。もう死んだら、どんなにいいかしれないわ。」

「お前も、いつの間にか豪《えら》くなったものだね。そこまで行けば、もう人間もいつ死んだって大丈夫だ。」

「でも、あたしね、あなたに済まないと思うのよ。あなたを苦しめてばかりいたんですもの。御免《ごめん》なさいな。」

「うむ。」と彼はいった。

「あたし、あなたのお心はそりゃよく分っているの。だけど、あたし、こんなに我《わが》ままをいったのも、あたしがいうんじゃないわ。病気がいわすんだから。」

「そうだ。病気だ。」

「あたしね、もう遺言《ゆいごん》も何も書いてあるの。だけど、今は見せないわ。あたしの床《とこ》の下にあるから、死んだら見て頂《ちょう》戴《だい》。」

彼は黙ってしまった。——事実は悲しむべきことなのだ。それに、まだ悲しむべきことをいうのは、やめてもらいたいと彼は思った。

花壇の石の傍《そば》で、ダリヤの球根が掘り出されたまま霜に腐っていった。亀に代ってどこからか来た野の猫が、彼の空《あ》いた書斎の中をのびやかに歩き出した。妻は殆《ほとん》ど終日苦しさのために何もいわずに黙っていた。彼女は絶えず、水平線を狙《ねら》って海面に突出している遠くの光った岬《みさき》ばかりを眺めていた。

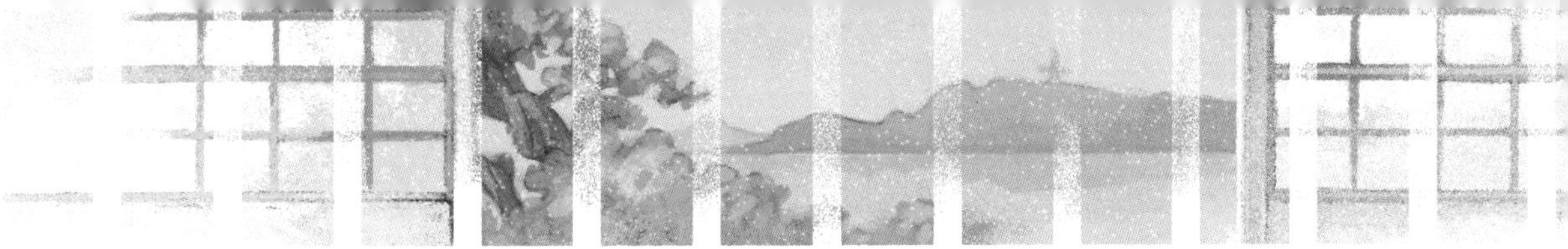

　彼は妻の傍で、彼女に課せられた聖書を時々読み上げた。

「エホバよ、願《ねがわ》くば忿恚《いきどおり》をもて我をせめ、烈《はげ》しき怒りをもて懲《こ》らしめたまふなかれ。エホバよ、われを憐《あわ》れみたまへ、われ萎《しぼ》み衰《おとろ》ふなり。エホバよわれを医《いや》したまへ、わが骨わななき震ふ。わが霊魂《たましい》さへも甚《いた》くふるひわななく。エホバよ、かくて幾その時をへたまふや。死にありては汝《なんじ》を思ひ出《い》づることもなし。」

　彼は妻の啜《すす》り泣くのを聞いた。彼は聖書を読むのをやめて妻を見た。

「お前は、今何を考えていたんだね。」

「あたしの骨はどこへ行くんでしょう。あたし、それが気になるの。」

——彼女の心は、今、自分の骨を気にしている。——彼は答えることが出来なかった。

——もう駄目だ。

彼は頭を垂れるように心を垂れた。すると、妻の眼から涙が一層激しく流れて来た。

「どうしたんだ。」

「あたしの骨の行き場がないんだわ。あたし、どうすればいいんでしょう。」

彼は答えの代りにまた聖書を急いで読み上げた。

「神よ、願くば我を救ひ給へ。大水《おおみず》ながれ来《きた》りて我《わが》たましひにまで及べり。われ立止《たちど》なき深き泥の中に沈めり。われ深水《ふかみず》におちいる。おお水わが上を溢《あふ》れ過ぐ。われ歎きによりて疲れたり。わが喉《のど》はかわき、わが目はわが神を待ちわびて衰へぬ。」

彼と妻とは、もう萎《しお》れた一対《いっつい》の茎のように、日々黙って並んでいた。しかし、今は、二人は完全に死の準備をしてしまった。もう何事が起ろうとも恐《こ》わがるものはなくなった。そうして、彼の暗く落ちついた家の中では、山から運ばれて来る水甕《みずがめ》の水が、いつも静まった心のように清らかに満ちていた。

彼の妻の眠っている朝は、朝ごとに、海面から頭を擡《もた》げる新しい陸地の上を素足で歩いた。前夜満潮に打ち上げられた海草は冷たく彼の足にからまりついた。時には、風に吹かれたようにさ迷い出て来た海辺の童児が、生々しい緑の海苔《のり》に辷《すべ》りながら岩角をよじ登っていた。

海面にはだんだん白帆《しらほ》が増していった。海際《うみぎわ》の白い道が日増しに賑《にぎ》やかになって来た。或る日、彼の所へ、知人から思わぬスウィートピーの花束が岬《みさき》を廻って届けられた。

長らく寒風にさびれ続けた家の中に、初めて早春が匂《にお》やかに訪れて来たのである。

彼は花粉にまみれた手で花束を捧《ささ》げるように持ちながら、妻の部屋へ這入《はい》っていった。

「とうとう、春がやって来た。」

「まア、綺麗《きれい》だわね。」と妻はいうと、頬笑《ほほえ》みながら痩《や》せ衰《おとろ》えた手を花の方へ差し出した。

「これは実に綺麗じゃないか。」

「どこから来たの。」

「この花は馬車に乗って、海の岸を真っ先きに春を撒《ま》き撒きやって来たのさ。」

妻は彼から花束を受けると両手で胸いっぱいに抱きしめた。そうして、彼女はその明るい花束の中へ蒼ざめた顔を埋めると、恍《こう》惚《こつ》として眼を閉じた。

※本書には、現在の観点から見ると差別用語と取られかねない表現が含まれていますが、原文の歴史性を考慮してそのままとしました。

乙女の本棚シリーズ

［右上から］

『女生徒』太宰治＋今井キラ／『猫町』萩原朔太郎＋しきみ／『葉桜と魔笛』太宰治＋紗久楽さわ／『檸檬』梶井基次郎＋げみ

『押絵と旅する男』江戸川乱歩＋しきみ／『瓶詰地獄』夢野久作＋ホノジロトヲジ／『蜜柑』芥川龍之介＋げみ

『夢十夜』夏目漱石＋しきみ／『外科室』泉鏡花＋ホノジロトヲジ／『赤とんぼ』新美南吉＋ねこ助／『月夜とめがね』小川未明＋げみ

『夜長姫と耳男』坂口安吾＋夜汽車／『桜の森の満開の下』坂口安吾＋しきみ／『死後の恋』夢野久作＋ホノジロトヲジ

『山月記』中島敦＋ねこ助／『秘密』谷崎潤一郎＋マツオヒロミ／『魔術師』谷崎潤一郎＋しきみ

『人間椅子』江戸川乱歩＋ホノジロトヲジ／『春は馬車に乗って』横光利一＋いとうあつき／『魚服記』太宰治＋ねこ助

全て定価：1980円（本体1800円+税10%）

春は馬車に乗って

著者　横光利一
絵　いとうあつき

発行人　古森 優
編集長　山口 一光
デザイン　根本 綾子(Karon)
担当編集　切刀 匠

発行：立東舎

印刷・製本：株式会社廣済堂